卷四　七言樂府

燕歌行并序

高適

開元二十六年，客有從元戎出塞而還者，作《燕歌行》以示適，感徵戍之事，因而和焉。

漢家烟塵在東北，漢將辭家破殘賊。
男兒本自重橫行，天子非常賜顏色。
摐金伐鼓下榆關，旌旗逶迤碣石間。
校尉羽書飛瀚海，單于獵火照狼山。

山川蕭條極邊土，胡騎憑陵雜風雨。
戰士軍前半死生，美人帳下猶歌舞。
大漠窮秋塞草衰，孤城落日鬥兵稀。
身當恩遇常輕敵，力盡關山未解圍。
鐵衣遠戍辛勤久，玉箸應啼別離後。
少婦城南欲斷腸，徵人薊北空回首。
邊庭飄搖那可度，絕域蒼茫更何有。
殺氣三時作陣雲，寒聲一夜傳刁斗。
相看白刃血紛紛，死節從來豈顧勳。
君不見沙場爭戰苦，至今猶憶李將軍。

古從軍行

李頎

白日登山望烽火，黄昏飲馬傍交河。
行人刁斗風沙暗，公主琵琶幽怨多。
野營萬里無城郭，雨雪紛紛連大漠。
胡雁哀鳴夜夜飛，胡兒眼泪雙雙落。
聞道玉門猶被遮，應將性命逐輕車。
年年戰骨埋荒外，空見蒲萄入漢家。

洛陽女兒行

王維

洛陽女兒對門居，纔可顏容十五餘。

良人玉勒乘驄馬，侍女金盤膾鯉魚。
畫閣朱樓盡相望，紅桃緑柳垂檐向。
羅帷送上七香車，寶扇迎歸九華帳。
狂夫富貴在青春，意氣驕奢劇季倫。
自憐碧玉親教舞，不惜珊瑚持與人。
春窗曙滅九微火，九微片片飛花瑣。
戲罷曾無理曲時，妝成祇是薰香坐。
城中相識盡繁華，日夜經過趙李家。
誰憐越女顏如玉，貧賤江頭自浣紗。

老將行

王維

少年十五二十時，步行奪得胡馬騎。
射殺山中白額虎，肯數鄴下黃鬚兒。
一身轉戰三千里，一劍曾當百萬師。
漢兵奮迅如霹靂，虜騎奔騰畏蒺藜。
衛青不敗由天幸，李廣無功緣數奇。
自從弃置便衰朽，世事蹉跎成白首。
昔時飛雀無全目，今日垂楊生左肘。
路傍時賣故侯瓜，門前學種先生柳。
蒼茫古木連窮巷，寥落寒山對虛牖。

誓令疏勒出飛泉，不似潁川空使酒。
賀蘭山下陣如雲，羽檄交馳日夕聞。
節使三河募年少，詔書五道出將軍。
試拂鐵衣如雪色，聊持寶劍動星文。
願得燕弓射大將，耻令越甲鳴吾君。
莫嫌舊日雲中守，猶堪一戰立功勛。

桃源行

王維

漁舟逐水愛山春，兩岸桃花夾古津。
坐看紅樹不知遠，行盡青溪忽值人。

山口潛行始隈隩，山開曠望旋平陸。
遥看一處攢雲樹，近入千家散花竹。
樵客初傳漢姓名，居人未改秦衣服。
居人共住武陵源，還從物外起田園。
月明鬆下房櫳静，日出雲中鷄犬喧。
驚聞俗客争來集，競引還家問都邑。
平明閭巷掃花開，薄暮漁樵乘水入。
初因避地去人間，更問神仙遂不還。
峽裏誰知有人事，世中遥望空雲山。
不疑靈境難聞見，塵心未盡思鄉縣。

出洞無論隔山水，辭家終擬長游衍。
自謂經過舊不迷，安知峰壑今來變。
當時衹記入山深，青溪幾度到雲林。
春來遍是桃花水，不辨仙源何處尋。

蜀道難

李　白

噫吁嚱，危乎高哉！蜀道之難，難于上青天。
蠶叢及魚鳧，開國何茫然。
爾來四萬八千歲，不與秦塞通人烟。
西當太白有鳥道，可以横絶峨眉巔。

地崩山摧壯士死，然後天梯石棧方鈎連。

上有六龍回日之高標，下有衝波逆折之回川。

黄鶴之飛尚不得過，猿猱欲度愁攀援。

青泥何盤盤，百步九折縈岩巒。

捫參歷井仰脅息，以手撫膺坐長嘆。

問君西游何時還，畏途巉岩不可攀。

但見悲鳥號古木，雄飛雌從繞林間。

又聞子規啼夜月，愁空山。

蜀道之難，難于上青天，使人聽此凋朱顔。

連峰去天不盈尺，枯鬆倒挂倚絶壁。

飛湍瀑流争喧豗，砯崖轉石萬壑雷。

其險也若此，嗟爾遠道之人胡爲乎來哉！

劍閣峥嶸而崔嵬，一夫當關，萬夫莫開。

所守或匪親，化爲狼與豺。

朝避猛虎，夕避長蛇。

磨牙吮血，殺人如麻。

錦城雖云樂，不如早還家。

蜀道之難，難于上青天，側身西望長咨嗟。

長相思二首

李　白

長相思，在長安。
絡緯秋啼金井闌，微霜淒淒簟色寒。
孤燈不明思欲絕，卷帷望月空長嘆。
美人如花隔雲端，
上有青冥之長天，下有淥水之波瀾。
天長路遠魂飛苦，夢魂不到關山難。
長相思，摧心肝！

其二

日色欲盡花含烟，月明如素愁不眠。

卷四　七言樂府

趙瑟初停鳳凰柱，蜀琴欲奏鴛鴦弦。
此曲有意無人傳，願隨春風寄燕然。
憶君迢迢隔青天，
昔日橫波目，今作流泪泉。
不信妾腸斷，歸來看取明鏡前。

行路難

李　白

金樽清酒斗十千，玉盤珍羞值萬錢。
停杯投箸不能食，拔劍四顧心茫然。
欲渡黃河冰塞川，將登太行雪滿山。

閑來垂釣坐溪上，忽復乘舟夢日邊。
行路難，行路難，多歧路，今安在。
長風破浪會有時，直挂雲帆濟滄海。

將進酒

李白

君不見黃河之水天上來，奔流到海不復迴。
君不見高堂明鏡悲白髮，朝如青絲暮成雪。
人生得意須盡歡，莫使金樽空對月。
天生我材必有用，千金散盡還復來。
烹羊宰牛且爲樂，會須一飲三百杯。

岑夫子，丹丘生。將進酒，杯莫停。
與君歌一曲，請君爲我傾耳聽。
鐘鼓饌玉不足貴，但願長醉不願醒。
古來聖賢皆寂寞，唯有飲者留其名。
陳王昔時宴平樂，斗酒十千恣歡謔。
主人何爲言少錢，徑須沽取對君酌。
五花馬，千金裘。
呼兒將出換美酒，與爾同銷萬古愁。

兵車行

杜甫

車轔轔，馬蕭蕭，行人弓箭各在腰。
耶娘妻子走相送，塵埃不見咸陽橋。
牽衣頓足攔道哭，哭聲直上干雲霄。
道旁過者問行人，行人但云點行頻。
或從十五北防河，便至四十西營田。
去時里正與裹頭，歸來頭白還戍邊。
邊庭流血成海水，武皇開邊意未已。
君不聞漢家山東二百州，千村萬落生荊杞。
縱有健婦把鋤犁，禾生隴畝無東西。

況復秦兵耐苦戰，被驅不異犬與鷄。
長者雖有問，役夫敢申恨。
且如今年冬，未休關西卒。
縣官急索租，租稅從何出。
信知生男惡，反是生女好。
生女猶得嫁比鄰，生男埋沒隨百草。
君不見青海頭，古來白骨無人收。
新鬼煩冤舊鬼哭，天陰雨濕聲啾啾。

麗人行

杜甫

三月三日天氣新，長安水邊多麗人。
態濃意遠淑且真，肌理細膩骨肉勻。
綉羅衣裳照暮春，蹙金孔雀銀麒麟。
頭上何所有，翠微㔩葉垂鬢脣。
背後何所見，珠壓腰衱穩稱身。
就中雲幕椒房親，賜名大國虢與秦。
紫駝之峰出翠釜，水精之盤行素鱗。
犀箸厭飫久未下，鸞刀縷切空紛綸。
黃門飛鞚不動塵，御厨絡繹送八珍。

簫鼓哀吟感鬼神，賓從雜遝實要津。
後來鞍馬何逡巡，當軒下馬入錦茵。
楊花雪落覆白蘋，青鳥飛去銜紅巾。
炙手可熱勢絕倫，慎莫近前丞相嗔。

哀江頭

杜甫

少陵野老吞聲哭，春日潛行曲江曲。
江頭宮殿鎖千門，細柳新蒲爲誰綠。
憶昔霓旌下南苑，苑中萬物生顏色。
昭陽殿裏第一人，同輦隨君侍君側。

輦前才人帶弓箭，白馬嚼嚙黃金勒。
翻身向天仰射雲，一箭正墜雙飛翼。
明眸皓齒今何在，血污游魂歸不得。
清渭東流劍閣深，去住彼此無消息。
人生有情泪沾臆，江水江花豈終極？
黃昏胡騎塵滿城，欲往城南望城北。

哀王孫

杜　甫

長安城頭頭白烏，夜飛延秋門上呼。又向人家啄大屋，屋底達官走避胡。
金鞭斷折九馬死，骨肉不得同馳驅。腰下寶玦青珊瑚，可憐王孫泣路隅。

問之不肯道姓名，但道困苦乞爲奴。
已經百日竄荊棘，身上無有完肌膚。
高帝子孫盡隆準，龍種自與常人殊。
豺狼在邑龍在野，王孫善保千金軀。
不敢長語臨郊衢，且爲王孫立斯須。
昨夜東風吹血腥，東來橐駝滿舊都。
朔方健兒好身手，昔何勇銳今何愚。
竊聞天子已傳位，聖德北服南單于。
花門剺面請雪恥，慎勿出口他人狙。
哀哉王孫慎勿疏，五陵佳氣無時無？

卷五　五言律詩

經魯祭孔子而嘆之

唐玄宗

夫子何爲者，栖栖一代中。地猶鄹氏邑，宅即魯王宮。
嘆鳳嗟身否，傷麟怨道窮。今看兩楹奠，當與夢時同。

望月懷遠

張九齡

海上生明月，天涯共此時。情人怨遥夜，竟夕起相思。
滅燭憐光滿，披衣覺露滋。不堪盈手贈，還寢夢佳期。

杜少府之任蜀州

王　勃

城闕輔三秦，風烟望五津。與君離别意，同是宦游人。
海内存知己，天涯若比鄰。無爲在歧路，兒女共沾巾。

在獄咏蟬并序

駱賓王

余禁所禁垣西，是法廳事也。有古槐數株焉，雖生意可知，同殷仲文之古樹，而聽訟斯在，即周召伯之甘棠。每至夕照低陰，秋蟬疏引，發聲幽息，有切嘗聞；豈人心异于曩時，將蟲響悲于前聽？嗟乎！聲以動容，德以象賢，故潔其身也，禀君子達人之高行；蜕其皮也，有仙都羽化之靈姿。候時而來，順陰陽之數；應節爲變，審藏用之機。有目斯開，不

以道昏而昧其視；有翼自薄，不以俗厚而易其真。吟喬樹之悲風，韵資天縱；飲高秋之墜露，清畏人知。僕失路艱虞，遭時徽纆，不哀傷而自怨，未摇落而先衰。聞蟪蛄之流聲，悟平反之已奏；見螳螂之抱影，怯危機之未安。感而綴詩，貽諸知己。庶情沿物應，哀弱羽之飄零；道寄人知，憫余聲之寂寞。非謂文墨，取代幽憂云爾。

西陸蟬聲唱，南冠客思深。
不堪玄鬢影，來對白頭吟。
露重飛難進，風多響易沉。
無人信高潔，誰爲表予心。

和晉陵陸丞早春游望

杜審言

獨有宦游人，偏驚物候新。雲霞出海曙，梅柳渡江春。
淑氣催黃鳥，晴光轉緑蘋。忽聞歌古調，歸思欲沾巾。

雜詩

沈佺期

聞道黃龍戍，頻年不解兵。可憐閨裏月，長在漢家營。
少婦今春意，良人昨夜情。誰能將旗鼓，一爲取龍城。

題大庾嶺北驛

宋之問

陽月南飛雁，傳聞至此回。

我行殊未已，何日復歸來。
江静潮初落，林昏瘴不開。
明朝望鄉處，應見隴頭梅。

次北固山下

王灣

客路青山下，行舟緑水前。
潮平兩岸闊，風正一帆懸。
海日生殘夜，江春入舊年。
鄉書何處達，歸雁洛陽邊。

破山寺後禪院

常建

清晨入古寺，初日照高林。
曲徑通幽處，禪房花木深。
山光悦鳥性，潭影空人心。
萬籟此皆寂，惟聞鐘磬音。

寄左省杜拾遺

岑參

聯步趨丹陛，分曹限紫微。
曉隨天仗入，暮惹御香歸。
白髮悲花落，青雲羡鳥飛。

聖朝無闕事，自覺諫書稀。

贈孟浩然

李白

吾愛孟夫子，風流天下聞。
紅顏弃軒冕，白首卧鬆雲。
醉月頻中聖，迷花不事君。
高山安可仰，徒此揖清芬。

渡荊門送别

李白

渡遠荊門外，來從楚國游。

山隨平野盡，江入大荒流。
月下飛天鏡，雲生結海樓。
仍憐故鄉水，萬里送行舟。

送友人

李白

青山横北郭，白水繞東城。
此地一爲别，孤蓬萬里徵。
浮雲游子意，落日故人情。
揮手自兹去，蕭蕭班馬鳴。

聽蜀僧濬彈琴

李白

蜀僧抱緑綺，西下峨眉峰。爲我一揮手，如聽萬壑鬆。

客心洗流水，餘響入霜鐘。不覺碧山暮，秋雲暗幾重。

夜泊牛渚懷古

李白

牛渚西江夜，青天無片雲。
登舟望秋月，空憶謝將軍。
余亦能高咏，斯人不可聞。
明朝挂帆去，楓葉落紛紛。

春望

杜甫

國破山河在，城春草木深。

感時花濺泪，恨别鳥驚心。
烽火連三月，家書抵萬金。
白頭搔更短，渾欲不勝簪。

月夜

杜甫

今夜鄜州月，閨中衹獨看。
遥憐小兒女，未解憶長安。
香霧雲鬟濕，清輝玉臂寒。
何時倚虛幌，雙照泪痕乾。

春宿左省

杜甫

花隱掖垣暮，啾啾棲鳥過。星臨萬户動，月傍九霄多。

不寢聽金鑰，因風想玉珂。明朝有封事，數問夜如何。

至德二載，甫自京金光門出，間道歸鳳翔。乾元初，從左拾遺移華州掾。與親故別，因出此門，有悲往事

杜　甫

此道昔歸順，西郊胡正繁。
至今猶破膽，應有未招魂。
近得歸京邑，移官豈至尊。
無才日衰老，駐馬望千門。

月夜憶舍弟

杜　甫

戍鼓斷人行，秋邊一雁聲。
露從今夜白，月是故鄉明。
有弟皆分散，無家問死生。
寄書長不達，況乃未休兵。

天末懷李白

杜　甫

涼風起天末，君子意如何。鴻雁幾時到，江湖秋水多。
文章憎命達，魑魅喜人過。應共冤魂語，投詩贈汨羅。

奉濟驛重送嚴公四韻

杜甫

遠送從此別，青山空復情。幾時杯重把，昨夜月同行。
列郡謳歌惜，三朝出入榮。江村獨歸處，寂寞養殘生。

别房太尉墓

杜甫

他鄉復行役，駐馬别孤墳。近泪無乾土，低空有斷雲。
對棋陪謝傅，把劍覓徐君。唯見林花落，鶯啼送客聞。

旅夜書懷

杜甫

細草微風岸，危檣獨夜舟。星垂平野闊，月涌大江流。

名豈文章著，官應老病休。飄飄何所似，天地一沙鷗。

登岳陽樓

杜甫

昔聞洞庭水，今上岳陽樓。吳楚東南坼，乾坤日夜浮。
親朋無一字，老病有孤舟。戎馬關山北，憑軒涕泗流。

輞川閑居贈裴秀才迪

王維

寒山轉蒼翠，秋水日潺湲。倚杖柴門外，臨風聽暮蟬。
渡頭餘落日，墟裏上孤烟。復值接輿醉，狂歌五柳前。

山居秋暝

王　維

空山新雨後，天氣晚來秋。
明月鬆間照，清泉石上流。
竹喧歸浣女，蓮動下漁舟。
隨意春芳歇，王孫自可留。

歸嵩山作

王　維

清川帶長薄，車馬去閑閑。流水如有意，暮禽相與還。
荒城臨古渡，落日滿秋山。迢遞嵩高下，歸來且閉關。

終南山

王　維

太乙近天都，連山到海隅。白雲迴望合，青靄入看無。
分野中峰變，陰晴衆壑殊。欲投人處宿，隔水問樵夫。

酬張少府

王　維

晚年惟好靜，萬事不關心。自顧無長策，空知返舊林。
松風吹解帶，山月照彈琴。君問窮通理，漁歌入浦深。

過香積寺

王　維

不知香積寺，數里入雲峰。古木無人徑，深山何處鐘。

泉聲咽危石，日色冷青松。薄暮空潭曲，安禪制毒龍。

送梓州李使君

王　維

萬壑樹參天，千山響杜鵑。山中一夜雨，樹杪百重泉。漢女輸橦布，巴人訟芋田。文翁翻教授，不敢倚先賢。

漢江臨眺

王　維

楚塞三湘接，荊門九派通。江流天地外，山色有無中。郡邑浮前浦，波瀾動遠空。襄陽好風日，留醉與山翁。

終南別業

王　維

中歲頗好道，晚家南山陲。興來每獨往，勝事空自知。行到水窮處，坐看雲起時。偶然值林叟，談笑無還期。

臨洞庭贈張丞相

孟浩然

八月湖水平，涵虛混太清。氣蒸雲夢澤，波撼岳陽城。欲濟無舟楫，端居恥聖明。坐觀垂釣者，空有羨魚情。

與諸子登峴山

孟浩然

人事有代謝，往來成古今。江山留勝迹，我輩復登臨。

水落魚梁淺，天寒夢澤深。羊公碑尚在，讀罷泪沾襟。

宴梅道士山房

孟浩然

林卧愁春盡，搴帷覽物華。忽逢青鳥使，邀入赤松家。
金竈初開火，仙桃正發花。童顏若可駐，何惜醉流霞。

歲暮歸南山

孟浩然

北闕休上書，南山歸敝廬。不才明主弃，多病故人疏。
白髮催年老，青陽逼歲除。永懷愁不寐，松月夜窗墟。

過故人莊

孟浩然

故人具鷄黍，邀我至田家。緑樹村邊合，青山郭外斜。
開軒面場圃，把酒話桑麻。待到重陽日，還來就菊花。

秦中寄遠上人

孟浩然

一丘常欲卧，三徑苦無資。北土非吾願，東林懷我師。
黄金燃桂盡，壯志逐年衰。日夕凉風至，聞蟬但益悲。

宿桐廬江寄廣陵舊游

孟浩然

山暝聽猿愁，滄江急夜流。風鳴兩岸葉，月照一孤舟。
建德非吾土，維揚憶舊游。還將兩行泪，遥寄海西頭。

留别王維

孟浩然

寂寂竟何待，朝朝空自歸。欲尋芳草去，惜與故人違。
當路誰相假，知音世所稀。祇應守寂寞，還掩故園扉。

早寒有懷

孟浩然

木落雁南渡，北風江上寒。我家襄水曲，遥隔楚雲端。

鄉泪客中盡，孤帆天際看。迷津欲有問，平海夕漫漫。

秋日登吳公臺上寺遠眺

劉長卿

古臺搖落後，秋入望鄉心。野寺來人少，雲峰隔水深。
夕陽依舊壘，寒磬滿空林。惆悵南朝事，長江獨至今。

送李中丞歸漢陽别業

劉長卿

流落徵南將，曾驅十萬師。罷歸無舊業，老去戀明時。
獨立三邊静，輕生一劍知。茫茫江漢上，日暮欲何之。

餞別王十一南游

劉長卿

望君烟水闊，揮手泪沾巾。飛鳥没何處，青山空向人。

長江一帆遠，落日五湖春。誰見汀洲上，相思愁白蘋。

尋南溪常道人

劉長卿

一路經行處，莓苔見屐痕。

白雲依静渚，春草閉閑門。

過雨看松色，隨山到水源。

溪花與禪意，相對亦忘言。

新年作

劉長卿

鄉心新歲切，天畔獨潸然。

老至居人下，春歸在客先。

嶺猿同旦暮，江柳共風烟。

已似長沙傅，從今又幾年。

送僧歸日本

錢　起

上國隨緣住，來途若夢行。浮天滄海遠，去世法舟輕。

水月通禪寂，魚龍聽梵聲。惟憐一燈影，萬里眼中明。

谷口書齋寄楊補闕

錢　起

泉壑帶茅茨，雲霞生薜帷。竹憐新雨後，山愛夕陽時。
閑鷺栖常早，秋花落更遲。家僮掃蘿徑，昨與故人期。

淮上喜會梁州故人

韋應物

江漢曾爲客，相逢每醉還。浮雲一別後，流水十年間。
歡笑情如舊，蕭疏鬢已斑。何因北歸去，淮上有秋山。

賦得暮雨送李曹

韋應物

楚江微雨裏，建業暮鐘時。漠漠帆來重，冥冥鳥去遲。

海門深不見，浦樹遠含滋。相送情無限，沾襟比散絲。

酬程近秋夜即事見贈

韓　翃

長簟迎風早，空城澹月華。星河秋一雁，砧杵夜千家。
節候看應晚，心期卧已賒。向來吟秀句，不覺已鳴鴉。

闕題

劉昚虛

道由白雲盡，春與青溪長。時有落花至，遠隨流水香。
閑門向山路，深柳讀書堂。

幽映每白日，清輝照衣裳。

江鄉故人偶集客舍

戴叔倫

天秋月又滿，城闕夜千重。
還作江南會，翻疑夢裏逢。
風枝驚暗鵲，露草泣寒蟲。
羈旅長堪醉，相留畏曉鐘。

送李端

盧綸

故關衰草遍，離別正堪悲。

路出寒雲外，人歸暮雪時。
少孤爲客早，多難識君遲。
掩泪空相向，風塵何所期。

喜見外弟又言別

李益

十年離亂後，長大一相逢。
問姓驚初見，稱名憶舊容。
別來滄海事，語罷暮天鐘。
明日巴陵道，秋山又幾重。

雲陽館與韓紳宿別

司空曙

故人江海別，幾度隔山川。乍見翻疑夢，相悲各問年。

孤燈寒照雨，深竹暗浮烟。更有明朝恨，離杯惜共傳。

喜外弟盧綸見宿

司空曙

静夜四無鄰，荒居舊業貧。雨中黃葉樹，燈下白頭人。

以我獨沉久，愧君相見頻。平生自有分，况是霍家親。

賊平後送人北歸

司空曙

世亂同南去，時清獨北還。他鄉生白髮，舊國見青山。

曉月過殘壘，繁星宿故關。寒禽與衰草，處處伴愁顏。

蜀先主廟

劉禹錫

天地英雄氣，千秋尚凜然。勢分三足鼎，業復五銖錢。

得相能開國，生兒不像賢。凄涼蜀故伎，來舞魏宮前。

沒蕃故人

張籍

前年戍月支，城下没全師。蕃漢斷消息，死生長別離。

無人收廢帳，歸馬識殘旗。欲祭疑君在，天涯哭此時。

賦得古原草送别

白居易

離離原上草，一歲一枯榮。野火燒不盡，春風吹又生。
遠芳侵古道，晴翠接荒城。又送王孫去，萋萋滿别情。

旅宿

杜牧

旅館無良伴，凝情自悄然。寒燈思舊事，斷雁警愁眠。
遠夢歸侵曉，家書到隔年。滄江好烟月，門繫釣魚船。

秋日赴闕題潼關驛樓

許渾

紅葉晚蕭蕭，長亭酒一瓢。殘雲歸太華，疏雨過中條。

樹色隨山迥，河聲入海遥。帝鄉明日到，猶自夢漁樵。

早秋

許渾

遥夜泛清瑟，西風生翠蘿。殘螢栖玉露，早雁拂金河。
高樹曉還密，遠山晴更多。淮南一葉下，自覺洞庭波。

蟬

李商隱

本以高難飽，徒勞恨費聲。五更疏欲斷，一樹碧無情。
薄宦梗猶泛，故園蕪已平。煩君最相警，我亦舉家清。

風雨

李商隱

凄涼寶劍篇，羈泊欲窮年。黃葉仍風雨，青樓自管弦。
新知遭薄俗，舊好隔良緣。心斷新豐酒，消愁又幾千。

落花

李商隱

高閣客竟去，小園花亂飛。參差連曲陌，迢遞送斜暉。
腸斷未忍掃，眼穿仍欲歸。芳心向春盡，所得是沾衣。

涼思

李商隱

客去波平檻，蟬休露滿枝。永懷當此節，倚立自移時。

卷五 五言律詩

北斗兼春遠，南陵寓使遲。天涯占夢數，疑誤有新知。

北青蘿

李商隱

殘陽西入崦，茅屋訪孤僧。落葉人何在，寒雲路幾層。
獨敲初夜磬，閑倚一枝藤。世界微塵里，吾寧愛與憎。

送人東游

温庭筠

荒戍落黃葉，浩然離故關。高風漢陽渡，初日郢門山。
江上幾人在，天涯孤棹還。何當重相見，樽酒慰離顏。

灞上秋居

馬　戴

灞原風雨定，晚見雁行頻。
落葉他鄉樹，寒燈獨夜人。
空園白露滴，孤壁野僧鄰。
寄卧郊扉久，何年致此身。

楚江懷古

馬　戴

露氣寒光集，微陽下楚丘。
猿啼洞庭樹，人在木蘭舟。
廣澤生明月，蒼山夾亂流。
雲中君不見，竟夕自悲秋。

書邊事

張　喬

調角斷清秋，徵人倚戍樓。
春風對青冢，白日落梁州。

大漠無兵阻，窮邊有客游。
蕃情似此水，長願向南流。

除夜有懷

崔　塗

迢遞三巴路，羈危萬里身。
亂山殘雪夜，孤燭异鄉人。
漸與骨肉遠，轉于僮僕親。
那堪正飄泊，明日歲華新。

孤雁

崔　塗

幾行歸塞盡，念爾獨何之。
暮雨相呼失，寒塘欲下遲。
渚雲低暗渡，關月冷相隨。
未必逢矰繳，孤飛自可疑。

春宫怨

杜荀鶴

早被嬋娟誤，欲妝臨鏡慵。
承恩不在貌，教妾若爲容？
風暖鳥聲碎，日高花影重。
年年越溪女，相憶采芙蓉。

章臺夜思

韋莊

清瑟怨遥夜，繞弦風雨哀。
孤燈聞楚角，殘月下章臺。
芳草已云暮，故人殊未來。

鄉書不可寄，秋雁又南迴。

尋陸鴻漸不遇

僧皎然

移家雖帶郭，野徑入桑麻。
近種籬邊菊，秋來未著花。
扣門無犬吠，欲去問西家。
報道山中去，歸來每日斜。

卷六　七言律詩

黃鶴樓

崔顥

昔人已乘黃鶴去，此地空餘黃鶴樓。
黃鶴一去不復返，白雲千載空悠悠。
晴川歷歷漢陽樹，芳草萋萋鸚鵡洲。
日暮鄉關何處是，烟波江上使人愁。

行經華陰

崔顥

岧嶢太華俯咸京，天外三峰削不成。

武帝祠前雲欲散，仙人掌上雨初晴。
河山北枕秦關險，驛路西連漢畤平。
借問路旁名利客，何如此地學長生。

望薊門

祖詠

燕臺一去客心驚，笳鼓喧喧漢將營。
萬里寒光生積雪，三邊曙色動危旌。
沙場烽火侵胡月，海畔雲山擁薊城。
少小雖非投筆吏，論功還欲請長纓。

九日登望仙臺呈劉明府

崔曙

漢文皇帝有高臺，此日登臨曙色開。
三晉雲山皆北向，二陵風雨自東來。
關門令尹誰能識，河上仙翁去不回。
且欲近尋彭澤宰，陶然共醉菊花杯。

送魏萬之京

李頎

朝聞游子唱離歌，昨夜微霜初渡河。
鴻雁不堪愁裏聽，雲山況是客中過。
關城曙色催寒近，御苑砧聲向晚多。

莫是長安行樂處，空令歲月易蹉跎。

登金陵鳳凰臺

李白

鳳凰臺上鳳凰游，鳳去臺空江自流。
吴宮花草埋幽徑，晉代衣冠成古丘。
三山半落青天外，二水中分白鷺洲。
總爲浮雲能蔽日，長安不見使人愁。

送李少府貶峽中王少府貶長沙

高適

嗟君此別意何如，駐馬銜杯問謫居。

巫峽啼猿數行泪，衡陽歸雁幾封書。
青楓江上秋帆遠，白帝城邊古木疏。
聖代即今多雨露，暫時分手莫躊躇。

和賈至舍人早朝大明宮之作

岑參

鷄鳴紫陌曙光寒，鶯囀皇州春色闌。
金闕曉鐘開萬户，玉階仙仗擁千官。
花迎劍佩星初落，柳拂旌旗露未乾。
獨有鳳凰池上客，陽春一曲和皆難。

和賈至舍人早朝大明宮之作

王維

絳幘鷄人送曉籌，尚衣方進翠雲裘。
九天閶闔開宮殿，萬國衣冠拜冕旒。
日色纔臨仙掌動，香烟欲傍袞龍浮。
朝罷須裁五色詔，佩聲歸向鳳池頭。

奉和聖製從蓬萊向興慶閣道中留春雨中春望之作應制

王維

渭水自縈秦塞曲，黃山舊繞漢宮斜。
鑾輿迥出千門柳，閣道迴看上苑花。

雲裏帝城雙鳳闕，雨中春樹萬人家。
爲乘陽氣行時令，不是宸游玩物華。

積雨輞川莊作

王維

積雨空林烟火遲，蒸藜炊黍餉東菑。
漠漠水田飛白鷺，陰陰夏木囀黃鸝。
山中習静觀朝槿，松下清齋折露葵。
野老與人争席罷，海鷗何事更相疑。

贈郭給事

王維

洞門高閣靄餘輝，桃李陰陰柳絮飛。
禁裏疏鐘官舍晚，省中啼鳥吏人稀。
晨摇玉佩趨金殿，夕奉天書拜瑣闈。
强欲從君無那老，將因卧病解朝衣。

蜀相

杜甫

丞相祠堂何處尋，錦官城外柏森森。
映階碧草自春色，隔葉黄鸝空好音。
三顧頻煩天下計，兩朝開濟老臣心。
出師未捷身先死，長使英雄泪滿襟。

客至

杜甫

舍南舍北皆春水，但見群鷗日日來。

花徑不曾緣客掃，蓬門今始爲君開。

盤飧市遠無兼味，樽酒家貧祇舊醅。

肯與鄰翁相對飲，隔籬呼取盡餘杯。

野望

杜甫

西山白雪三城戍，南浦清江萬里橋。海内風塵諸弟隔，天涯涕泪一身遥。

惟將遲暮供多病，未有涓埃答聖朝。跨馬出郊時極目，不堪人事日蕭條。

聞官軍收河南河北

杜甫

劍外忽傳收薊北，初聞涕泪滿衣裳。

却看妻子愁何在，漫卷詩書喜欲狂。

白日放歌須縱酒，青春作伴好還鄉。

即從巴峽穿巫峽，便下襄陽向洛陽。

登高

杜甫

風急天高猿嘯哀，渚清沙白鳥飛迴。無邊落木蕭蕭下，不盡長江滚滚來。

萬里悲秋常作客，百年多病獨登臺。艱難苦恨繁霜鬢，潦倒新停濁酒杯。

登樓

杜甫

花近高樓傷客心，萬方多難此登臨。
錦江春色來天地，玉壘浮雲變古今。
北極朝廷終不改，西山寇盜莫相侵。
可憐後主還祠廟，日暮聊爲梁甫吟。

宿府

杜甫

清秋幕府井梧寒，獨宿江城蠟炬殘。
永夜角聲悲自語，中庭月色好誰看。
風塵荏苒音書斷，關塞蕭條行路難。

已忍伶俜十年事，强移栖息一枝安。

閣夜

杜甫

歲暮陰陽催短景，天涯霜雪霽寒宵。
五更鼓角聲悲壯，三峽星河影動摇。
野哭千家聞戰伐，夷歌數處起漁樵。
卧龍躍馬終黄土，人事音書漫寂寥。

詠懷古迹五首

杜甫

支離東北風塵際，漂泊西南天地間。

三峽樓臺淹日月，五溪衣服共雲山。
羯胡事主終無賴，詞客哀時且未還。
庾信平生最蕭瑟，暮年詩賦動江關。

其二

搖落深知宋玉悲，風流儒雅亦吾師。
悵望千秋一灑泪，蕭條异代不同時。
江山故宅空文藻，雲雨荒臺豈夢思？
最是楚宮俱泯滅，舟人指點到今疑。

其三

群山萬壑赴荆門，生長明妃尚有村。

一去紫臺連朔漠，獨留青冢向黄昏。
畫圖省識春風面，環佩空歸月夜魂。
千載琵琶作胡語，分明怨恨曲中論。

其四

蜀主窺吴幸三峽，崩年亦在永安宮。
翠華想象空山裏，玉殿虚無野寺中。
古廟杉松巢水鶴，歲時伏臘走村翁。
武侯祠屋常鄰近，一體君臣祭祀同。

其五

諸葛大名垂宇宙，宗臣遺像肅清高。

三分割據紆籌策，萬古雲霄一羽毛。
伯仲之間見伊吕，指揮若定失蕭曹。
運移漢祚終難復，志决身殲軍務勞。

江州重別薛六柳八二員外

劉長卿

生涯豈料承優詔，世事空知學醉歌。
江上月明胡雁過，淮南木落楚山多。
寄身且喜滄洲近，顧影無如白髮何。
今日龍鍾人共老，愧君猶遺慎風波。

長沙過賈誼宅

劉長卿

三年謫宦此栖遲，萬古惟留楚客悲。
秋草獨尋人去後，寒林空見日斜時。
漢文有道恩猶薄，湘水無情吊豈知。
寂寂江山摇落處，憐君何事到天涯。

自夏口至鸚鵡洲望岳陽寄元中丞

劉長卿

汀洲無浪復無烟，楚客相思益渺然。
漢口夕陽斜渡鳥，洞庭秋水遠連天。
孤城背嶺寒吹角，獨樹臨江夜泊船。

賈誼上書憂漢室，長沙謫去古今憐。

贈闕下裴舍人

錢起

二月黃鸝飛上林，春城紫禁曉陰陰。
長樂鐘聲花外盡，龍池柳色雨中深。
陽和不散窮途恨，霄漢長懸捧日心。
獻賦十年猶未遇，羞將白髮對華簪。

寄李儋元錫

韋應物

去年花裏逢君別，今日花開又一年。

世事茫茫難自料，春愁黯黯獨成眠。
身多疾病思田裏，邑有流亡愧俸錢。
聞道欲來相問訊，西樓望月幾回圓。

同題仙游觀

韓翃

仙臺初見五城樓，風物淒淒宿雨收。
山色遥連秦樹晚，砧聲近報漢宮秋。
疏松影落空壇静，細草香生小洞幽。
何用別尋方外去，人間亦自有丹丘。

春思

皇甫冉

鶯啼燕語報新年，馬邑龍堆路幾千。

家住層城鄰漢苑，心隨明月到胡天。

機中錦字論長恨，樓上花枝笑獨眠。

爲問元戎竇車騎，何時返旆勒燕然。

晚次鄂州

盧綸

雲開遠見漢陽城，猶是孤帆一日程。

估客晝眠知浪靜，舟人夜語覺潮生。

三湘愁鬢逢秋色，萬里歸心對月明。

舊業已隨徵戰盡，更堪江上鼓鼙聲。

登柳州城樓寄漳汀封連四州刺史

柳宗元

城上高樓接大荒，海天愁思正茫茫。驚風亂颭芙蓉水，密雨斜侵薜荔墻。

嶺樹重遮千里目，江流曲似九迴腸。共來百越文身地，猶自音書滯一鄉。

西塞山懷古

劉禹錫

王濬樓船下益州，金陵王氣黯然收。千尋鐵鎖沉江底，一片降幡出石頭。

人世幾回傷往事，山形依舊枕寒流。從今四海爲家日，故壘蕭蕭蘆荻秋。

遣悲懷 三首

元稹

謝公最小偏憐女，自嫁黔婁百事乖。
顧我無衣搜藎篋，泥他沽酒拔金釵。
野蔬充膳甘長藿，落葉添薪仰古槐。
今日俸錢過十萬，與君營奠復營齋。

其二

昔日戲言身後意，今朝都到眼前來。
衣裳已施行看盡，針綫猶存未忍開。
尚想舊情憐婢僕，也曾因夢送錢財。
誠知此恨人人有，貧賤夫妻百事哀。

其三

閑坐悲君亦自悲，百年多是幾多時。
鄧攸無子尋知命，潘岳悼亡猶費辭。
同穴窅冥何所望，他生緣會更難期。
唯將終夜長開眼，報答平生未展眉。

自河南經亂，關內阻饑，兄弟離散，各在一處。因望月有感，聊書所懷，寄上浮梁大兄，於潛七兄，烏江十五兄，兼示符離及下邽弟妹

白居易

時難年荒世業空，弟兄羈旅各西東。

田園寥落干戈後，骨肉流離道路中。
吊影分爲千里雁，辭根散作九秋蓬。
共看明月應垂泪，一夜鄉心五處同。

錦瑟

李商隱

錦瑟無端五十弦，一弦一柱思華年。
莊生曉夢迷蝴蝶，望帝春心托杜鵑。
滄海月明珠有泪，藍田日暖玉生烟。
此情可待成追憶，衹是當時已惘然。

無題

李商隱

昨夜星辰昨夜風，畫樓西畔桂堂東。
身無彩鳳雙飛翼，心有靈犀一點通。
隔座送鈎春酒暖，分曹射覆蠟燈紅。
嗟余聽鼓應官去，走馬蘭臺類轉蓬。

隋宮

李商隱

紫泉宮殿鎖烟霞，欲取蕪城作帝家。玉璽不緣歸日角，錦帆應是到天涯。
于今腐草無螢火，終古垂楊有暮鴉。地下若逢陳後主，豈宜重問後庭花。

無題二首

李商隱

來是空言去絕蹤，月斜樓上五更鐘。
夢爲遠別啼難喚，書被催成墨未濃。
蠟照半籠金翡翠，麝熏微度綉芙蓉。
劉郎已恨蓬山遠，更隔蓬山一萬重。

其二

颯颯東風細雨來，芙蓉塘外有輕雷。
金蟾嚙鎖燒香入，玉虎牽絲汲井迴。
賈氏窺簾韓掾少，宓妃留枕魏王才。
春心莫共花爭發，一寸相思一寸灰。

籌筆驛

李商隱

魚鳥猶疑畏簡書，風雲常爲護儲胥。
徒令上將揮神筆，終見降王走傳車。
管樂有才真不忝，關張無命欲何如。
他年錦裏經祠廟，梁父吟成恨有餘。

無題

李商隱

相見時難別亦難，東風無力百花殘。春蠶到死絲方盡，蠟炬成灰泪始乾。
曉鏡但愁雲鬢改，夜吟應覺月光寒。蓬山此去無多路，青鳥殷勤爲探看。

春雨

李商隱

悵卧新春白袷衣，白門寥落意多違。
紅樓隔雨相望冷，珠箔飄燈獨自歸。
遠路應悲春晼晚，殘宵猶得夢依稀。
玉璫緘札何由達，萬里雲羅一雁飛。

無題二首

李商隱

鳳尾香羅薄幾重，碧文圓頂夜深縫。
扇裁月魄羞難掩，車走雷聲語未通。
曾是寂寥金燼暗，斷無消息石榴紅。

斑騅祇繫垂楊岸，何處西南待好風。

其二

重帷深下莫愁堂，卧後清宵細細長。
神女生涯原是夢，小姑居處本無郎。
風波不信菱枝弱，月露誰教桂葉香。
直道相思了無益，未妨惆悵是清狂。

利州南渡

温庭筠

澹然空水帶斜暉，曲島蒼茫接翠微。
波上馬嘶看棹去，柳邊人歇待船歸。

數叢沙草群鷗散，萬頃江田一鷺飛。
誰解乘舟尋范蠡，五湖烟水獨忘機。

蘇武廟

温庭筠

蘇武魂銷漢使前，古祠高樹兩茫然。
雲邊雁斷胡天月，隴上羊歸塞草烟。
迴日樓臺非甲帳，去時冠劍是丁年。
茂陵不見封侯印，空向秋波哭逝川。

宮詞

薛逢

十二樓中盡曉妝，望仙樓上望君王。
鎖銜金獸連環冷，水滴銅龍晝漏長。
雲髻罷梳還對鏡，羅衣欲換更添香。
遥窺正殿簾開處，袍袴宮人掃御床。

貧女

秦韜玉

蓬門未識綺羅香，擬托良媒益自傷。
誰愛風流高格調，共憐時世儉梳妝。
敢將十指誇針巧，不把雙眉鬥畫長。

苦恨年年壓金綫，爲他人作嫁衣裳。

獨不見

沈佺期

盧家小婦鬱金堂，海燕雙栖玳瑁梁。
九月寒砧催木葉，十年徵戍憶遼陽。
白狼河北音書斷，丹鳳城南秋夜長。
誰知含愁獨不見，更教明月照流黃？

卷七　五言絶句

鹿柴

王　維

空山不見人，但聞人語響。
返影入深林，復照青苔上。

竹裏館

王　維

獨坐幽篁裏，彈琴復長嘯。
深林人不知，明月來相照。

送別

王維

山中相送罷，日暮掩柴扉。
春草年年緑，王孫歸不歸。

相思

王維

紅豆生南國，春來發幾枝。
願君多採擷，此物最相思。

雜詩

王維

君自故鄉來，應知故鄉事。

來日綺窗前，寒梅著花未。

送崔九

裴迪

歸山深淺去，須盡丘壑美。
莫學武陵人，暫游桃源裏。

終南望餘雪

祖咏

終南陰嶺秀，積雪浮雲端。
林表明霽色，城中增暮寒。

宿建德江

孟浩然

移舟泊烟渚，日暮客愁新。
野曠天低樹，江清月近人。

春曉

孟浩然

春眠不覺曉，處處聞啼鳥。
夜來風雨聲，花落知多少。

夜思

李白

床前明月光，疑是地上霜。

舉頭望明月，低頭思故鄉。

怨情

李白

美人捲珠簾，深坐顰蛾眉。
但見泪痕濕，不知心恨誰。

八陣圖

杜甫

功蓋三分國，名成八陣圖。
江流石不轉，遺恨失吞吴。

登鸛雀樓

王之涣

白日依山盡，黃河入海流。
欲窮千里目，更上一層樓。

送靈澈

劉長卿

蒼蒼竹林寺，杳杳鐘聲晚。
荷笠帶斜陽，青山獨歸遠。

彈琴

劉長卿

泠泠七弦上，静聽松風寒。

古調雖自愛，今人多不彈。

送上人

劉長卿

孤雲將野鶴，豈向人間住。
莫買沃洲山，時人已知處。

秋夜寄丘員外

韋應物

懷君屬秋夜，散步咏凉天。
空山松子落，幽人應未眠。

聽箏

李端

鳴箏金粟柱，素手玉房前。
欲得周郎顧，時時誤拂弦。

新嫁娘 三首録一

王建

三日入厨下，洗手作羹湯。
未諳姑食性，先遣小姑嘗。

玉臺體

權德輿

昨夜裙帶解，今朝蟢子飛。

鉛華不可弃，莫是藁砧歸。

江雪

柳宗元

千山鳥飛絶，萬徑人踪滅。
孤舟蓑笠翁，獨釣寒江雪。

行宮

元稹

寥落古行宮，宮花寂寞紅。
白頭宮女在，閑坐説玄宗。

問劉十九

白居易

緑螘新醅酒，紅泥小火爐。
晚來天欲雪，能飲一杯無。

何滿子

張祜

故國三千里，深宮二十年。
一聲何滿子，雙淚落君前。

登樂游原

李商隱

向晚意不適，驅車登古原。

夕陽無限好，祇是近黃昏。

尋隱者不遇

賈島

松下問童子，言師採藥去。
祇在此山中，雲深不知處。

渡漢江

李頻

嶺外音書絕，經冬復立春。
近鄉情更怯，不敢問來人。

春怨

金昌緒

打起黃鶯兒，莫教枝上啼。
啼時驚妾夢，不得到遼西。

哥舒歌

西鄙人

北斗七星高，哥舒夜帶刀。
至今窺牧馬，不敢過臨洮。

樂府

長干行二首

崔顥

君家何處住，妾住在橫塘。
停船暫借問，或恐是同鄉。

其二

家臨九江水，來去九江側。
同是長干人，生小不相識。

玉階怨

李白

玉階生白露，夜久侵羅襪。

却下水精簾，玲瓏望秋月。

塞下曲 四首

盧綸

鷲翎金僕姑，燕尾綉蝥弧。
獨立揚新令，千營共一呼。

其二

林暗草驚風，將軍夜引弓。
平明尋白羽，没在石稜中。

其三

月黑雁飛高，單于夜遁逃。

欲將輕騎逐，大雪滿弓刀。

其四

野幕敞瓊筵，羌戎賀勞旋。
醉和金甲舞，雷鼓動山川。

江南曲

李益

嫁得瞿塘賈，朝朝誤妾期。
早知潮有信，嫁與弄潮兒。

卷八　七言絶句

回鄉偶書

賀知章

少小離家老大回，鄉音無改鬢毛衰。
兒童相見不相識，笑問客從何處來。

桃花溪

張　旭

隱隱飛橋隔野烟，石磯西畔問漁船。
桃花盡日隨流水，洞在清溪何處邊。

九月九日憶山東兄弟

王　維

獨在异鄉爲异客，每逢佳節倍思親。
遥知兄弟登高處，遍插茱萸少一人。

芙蓉樓送辛漸

王昌齡

寒雨連江夜入吴，平明送客楚山孤。
洛陽親友如相問，一片冰心在玉壺。

閨怨

王昌齡

閨中少婦不知愁，春日凝妝上翠樓。

忽見陌頭楊柳色，悔教夫婿覓封侯。

春宮怨

王昌齡

昨夜風開露井桃，未央前殿月輪高。
平陽歌舞新承寵，簾外春寒賜錦袍。

涼州曲

王翰

葡萄美酒夜光杯，欲飲琵琶馬上催。
醉卧沙場君莫笑，古來徵戰幾人回。

送孟浩然之廣陵

李白

故人西辭黃鶴樓，烟花三月下揚州。
孤帆遠影碧空盡，惟見長江天際流。

下江陵

李白

朝辭白帝彩雲間，千里江陵一日還。
兩岸猿聲啼不住，輕舟已過萬重山。

逢入京使

岑參

故園東望路漫漫，雙袖龍鍾泪不乾。

馬上相逢無紙筆，憑君傳語報平安。

江南逢李龜年

杜　甫

岐王宅裏尋常見，崔九堂前幾度聞。
正是江南好風景，落花時節又逢君。

滁州西澗

韋應物

獨憐幽草澗邊生，上有黃鸝深樹鳴。
春潮帶雨晚來急，野渡無人舟自橫。

楓橋夜泊

張　繼

月落烏啼霜滿天，江楓漁火對愁眠。
姑蘇城外寒山寺，夜半鐘聲到客船。

寒食

韓　翃

春城無處不飛花，寒食東風御柳斜。
日暮漢宮傳蠟燭，輕烟散入五侯家。

月夜

劉方平

更深月色半人家，北斗闌干南斗斜。

今夜偏知春氣暖，蟲聲新透緑窗紗。

春怨 二首録一

劉方平

紗窗日落漸黃昏，金屋無人見泪痕。
寂寞空庭春欲晚，梨花滿地不開門。

徵人怨

柳中庸

歲歲金河復玉關，朝朝馬策與刀環。
三春白雪歸青冢，萬里黃河繞黑山。

宮詞

顧況

玉樓天半起笙歌，風送宮嬪笑語和。
月殿影開聞夜漏，水精簾捲近秋河。

夜上受降城聞笛

李益

回樂峰前沙似雪，受降城外月如霜。
不知何處吹蘆管，一夜徵人盡望鄉。

烏衣巷

劉禹錫

朱雀橋邊野草花，烏衣巷口夕陽斜。

舊時王謝堂前燕，飛入尋常百姓家。

春詞

劉禹錫

新妝宜面下朱樓，深鎖春光一院愁。
行到中庭數花朵，蜻蜓飛上玉搔頭。

宮詞

白居易

泪濕羅巾夢不成，夜深前殿按歌聲。
紅顏未老恩先斷，斜倚薰籠坐到明。

贈內人

張祜

禁門宮樹月痕過，媚眼惟看宿燕窠。
斜拔玉釵燈影畔，剔開紅焰救飛蛾。

集靈臺二首

張祜

日光斜照集靈臺，紅樹花迎曉露開。
昨夜上皇新授籙，太真含笑入簾來。

其二

虢國夫人承主恩，平明騎馬入宮門。
却嫌脂粉污顏色，淡掃蛾眉朝至尊。

題金陵渡

張祜

金陵津渡小山樓，一宿行人自可愁。
潮落夜江斜月裏，兩三星火是瓜州。

宮中詞

朱慶餘

寂寂花時閉院門，美人相并立瓊軒。
含情欲説宮中事，鸚鵡前頭不敢言。

近試上張水部

朱慶餘

洞房昨夜停紅燭，待曉堂前拜舅姑。

妝罷低聲問夫婿，畫眉深淺入時無。

將赴吳興登樂游原

杜牧

清時有味是無能，閑愛孤雲静愛僧。
欲把一麾江海去，樂游原上望昭陵。

赤壁

杜牧

折戟沉沙鐵未銷，自將磨洗認前朝。
東風不與周郎便，銅雀春深鎖二喬。

泊秦淮

杜牧

烟籠寒水月籠沙，夜泊秦淮近酒家。
商女不知亡國恨，隔江猶唱後庭花。

寄揚州韓綽判官

杜牧

青山隱隱水迢迢，秋盡江南草木凋。
二十四橋明月夜，玉人何處教吹簫。

遣懷

杜牧

落魄江湖載酒行，楚腰纖細掌中輕。

十年一覺揚州夢，贏得青樓薄倖名。

秋夕

杜牧

銀燭秋光冷畫屏，輕羅小扇撲流螢。
天階夜色涼如水，臥看牽牛織女星。

贈別二首

杜牧

娉娉裊裊十三餘，豆蔻梢頭二月初。
春風十里揚州路，捲上珠簾總不如。

其二

多情却似總無情，惟覺樽前笑不成。
蠟燭有心還惜別，替人垂泪到天明。

金谷園

杜　牧

繁華事散逐香塵，流水無情草自春。
日暮東風怨啼鳥，落花猶似墮樓人。

夜雨寄北

李商隱

君問歸期未有期，巴山夜雨漲秋池。
何當共剪西窗燭，却話巴山夜雨時。

寄令狐郎中

李商隱

嵩雲秦樹久離居，雙鯉迢迢一紙書。
休問梁園舊賓客，茂陵秋雨病相如。

為有

李商隱

爲有雲屏無限嬌，鳳城寒盡怕春宵。
無端嫁得金龜婿，辜負香衾事早朝。

隋宫

李商隱

乘輿南游不戒嚴，九重誰省諫書函。

春風舉國裁宮錦，半作障泥半作帆。

瑤池

李商隱

瑤池阿母綺窗開，黃竹歌聲動地哀。
八駿日行三萬里，穆王何事不重來？

嫦娥

李商隱

雲母屏風燭影深，長河漸落曉星沉。
嫦娥應悔偷靈藥，碧海青天夜夜心。

賈生

李商隱

宣室求賢訪逐臣，賈生才調更無倫。
可憐夜半虛前席，不問蒼生問鬼神。

瑤瑟怨

温庭筠

冰簟銀床夢不成，碧天如水夜雲輕。
雁聲遠過瀟湘去，十二樓中月自明。

馬嵬坡

鄭　畋

玄宗回馬楊妃死，雲雨難忘日月新。

終是聖明天子事，景陽宮井又何人。

已涼

韓偓

碧闌干外綉簾垂，猩色屏風畫折枝。
八尺龍鬚方錦褥，已涼天氣未寒時。

金陵圖

韋莊

江雨霏霏江草齊，六朝如夢鳥空啼。
無情最是臺城柳，依舊烟籠十里堤。

隴西行

陳陶

誓掃匈奴不顧身，五千貂錦喪胡塵。
可憐無定河邊骨，猶是春閨夢裏人。

寄人

張泌

別夢依依到謝家，小廊迴合曲闌斜。
多情祇有春庭月，猶爲離人照落花。

雜詩

無名氏

近寒食雨草萋萋，著麥苗風柳映堤。

等是有家歸未得，杜鵑休向耳邊啼。

渭城曲

王　維

渭城朝雨浥輕塵，客舍青青柳色新。
勸君更盡一杯酒，西出陽關無故人。

秋夜曲

王　維

桂魄初生秋露微，輕羅已薄未更衣。
銀箏夜久殷勤弄，心怯空房不忍歸。

長信怨

王昌齡

奉帚平明金殿開，暫將團扇共徘徊。
玉顏不及寒鴉色，猶帶昭陽日影來。

出塞

王昌齡

秦時明月漢時關，萬里長徵人未還。
但使龍城飛將在，不教胡馬度陰山。

清平調三首

李　白

雲想衣裳花想容，春風拂檻露華濃。

若非群玉山頭見，會向瑤臺月下逢。

其二

一枝紅艷露凝香，雲雨巫山枉斷腸。
借問漢宮誰得似，可憐飛燕倚新妝。

其三

名花傾國兩相歡，常得君王帶笑看。
解釋春風無限恨，沉香亭北倚闌干。

出塞

王之渙

黃河遠上白雲間，一片孤城萬仞山。

羌笛何須怨楊柳，春風不度玉門關。

金縷衣

杜秋娘

勸君莫惜金縷衣，勸君惜取少年時。
花開堪折直須折，莫待無花空折枝。